양림동 소녀

양림동
소녀

나의 오월이
시작되는 곳

글·그림 임영희

오월의봄

추천의 말

나로서는 도무지 도달할 수 없는 높은 차원의 탁월한 재능을 가진 이가 있다. 그 재능은 특별해서 질투심을 불러일으키지 않는다. 그 재능에 한참 미치지 못하는 재능을 가진 내 마음을 괴롭히지 않는다. 오히려 위안을 주고, 생의 의지를 불러 일으킨다. 어째서 그럴까? 그에게는 '내어주고 나누는' 재능도 있어서, 마치 텃밭에서 딴 오이나 가지를 담 너머로 슬그머니 건네듯 비범하고 월등한 재능을 내게뿐 아니라 모든 이웃에게 두루두루 나눠주기 때문이다.

진도 여자아이 임영희, 양림동 소녀 임영희, 5·18 시민군 임영희, 5·18 피해생존자 임영희, 엄마 임영희, 아내 임영희, 시인 임영희, 장애인 임영희, 할머니 임영희, 화가 임영희.

임영희가 그림을 그리기 시작한 건, 오른손잡이인 그가 급성 뇌졸중 후유증으로 오른손을 쓸 수 없게 되고 나서다. 그림이라곤 그려본 적 없고 학창 시절 미술 점수가 '양'이던 그. 아들이 선물한 사인펜과 크레파스를 왼손에 잡고 무엇을 그릴까 고민하던 그는 '나를 그려보자' 생각했다. 광주에 있는 중학교에 진학하기 위해 배를 타고 고향인 진도를 떠나는 그림을 시작으로, 67여 년의 생애를 그림으로 풀기 시작했다.

위트와 기발한 상상에 순진무구함과 솔직함, 진실이 더해진 그림들을 보며 마냥 웃다가 한순간 숙연해진다. '온몸에 수십 개의 핀이 박힌 벌거숭이 그'를 만나서다. 5·18을 알리는 유인물을 테이프로 녹음해 유포하는 작업을 할 때 그는 난소에 이상이 와 하나를 급하게 떼어낸다. 불면과 정신 불안으로 고통스런 나날을 보내는데 유방에도 이상이 왔다. "고통스러웠재. 이렇게 머리끝에서 발까지 대못으로 박힌 것 같은 고통이었어."

학창 시절 문학소녀이기도 했던 그는 교내 백일장에서 시가 당선돼 물고기에서 용이 된 것처럼 우쭐해지던 날도 그림으로 풀어냈다. "릴케, 김동리, 도스토옙스키…… 가장 위에는 내 이름을 그려 넣었어. 임영희. 나에겐 내가 제일 최고니까." 그는 제일 최고인 '임영희'를 괄호로 비워둔다. 그 안에 누구나 이름을 써 넣을 수 있도록 말이다.

이 '그림으로 치르는 의식'은 봄날 오후 임영희가 건네는 사과 한 조각이다. 그의 왼손의 온기가 묻어 있는 크레파스다.

— **김숨, 소설가**

❧

《양림동 소녀》의 섬세하고 화려한 그림에 마음을 빼앗긴 나머지 서사의 무게를 외면하고 싶을 정도였다. 5·18항쟁에 참여하고 난 뒤 오랜 세월 고통받고, 척박한 삶의 무게를 견디다 갑자기 찾아온 뇌졸중으로 오른손이 마비된 된 이의 그림이 어떻게 이리 아름답고 동화적일 수 있을까? 이런 의문은 책을 여러 번 읽고 난 후 조금씩 풀리기 시작했다. 임영희는 고통을 증언하는 것에 머무르지 않고 자신의 삶을, 그리고 광주 시민들이 만들어낸 '신성한 공동체'를 세상에서 가장 아름다웠던 경험으로 보여주고자 했다. 그는 나이 칠십을 바라보며 지은 《양림동 소녀》로 세계를 다시 열었다. 이곳에서 여성으로서, 장애인으로서, 국가폭력의 생존자로서, 다시 한번 '모든 이를 위한 정의로운 민주주의'를 만들어가자고 권유한다. 이 책을 읽으며, 나도 봄날의 초록초록한, 푸른 청춘의 마음으로 거리를 활보하고, '카페 보프룩'과 '송백회'에서 여성 동지들과 밤샘 토론을 하며, 〈임을 위한 행진곡〉을 따라 부른다. 그리고 여전히 정확히 알아야 하고, 기억해야 할 5·18 피해생존자들과 함께한다. — **김현미, 연세대 문화인류학과 교수**

✿

책보다 영화로 먼저 《양림동 소녀》를 보았다. 눈으로는 임영희가 그린 그림을 보면서 귀로는 그가 들려주는 이야기를 육성으로 듣는 것이다. 60여 년의 한국 현대사가 파노라마처럼 펼쳐지는 30분 동안 나는 완전히 이야기에 빠져들었다. 어린 시절 구연동화를 듣듯이 웃었다 시무룩해졌다 놀랐다 훌쩍이며 순전한 몰입의 즐거움을 느꼈다. 그래서인지 이 책을 볼 때도 내내 그의 목소리가 들리는 것 같았다. 따뜻하고 담담하면서도 언제고 장난칠 기회를 노리고 있는 꼬마가 튀어나올 듯한 목소리.

한국 현대사를 온몸으로 관통한 그의 생애는 여성운동과 민주화운동, 그리고 장애의 서사가 교차하는 뜨거운 현장이다. 하지만 그 삶을 이 한 문장으로 압축해버린다면 전혀 상상하지 못할 생애의 총천연색 장면들이 여인의 넓고 풍성한 치맛자락처럼 굽이굽이 다채롭게 펼쳐진다. 나는 구술생애사를 참 좋아하는데, 마치 시간여행을 하듯 한 사람이 살아낸 시대를 생생하게 통과하는 기분이 들기 때문이다. 그 시대의 다정함과 촌스러움, 사랑스러움은 물론 무시무시한 억압과 잔혹함, 폭력성도 생생하게 느낄 수 있다.

오래 산 존재들은 예외 없이 전설 같은 이야기를 품고 있다. 하지만 군대가 제 나라의 시민에게 총칼을 겨누어 수많은 사람을 학살했던 현장에서 바로 다음 날 '그것을 보게 된 것이 태어나서 가장 영광스러운 순간'이었다고 말할 만큼 서로를 보살피는 아름답고 신성한 공동체가 나타난 역설처럼 나를 매혹시키는 이야기도 없다. 이런 이야기를 듣는 순간에는 나 역시 너무나 영광스러워서 태어나길 참 잘했다는 생각이 드는 것이다. 이 장대한 이야기가 그의 빠르고 노련한 오른손이 아니라 느리고 서툰 왼손으로 삐뚤빼뚤 그려졌다는 사실도 어딘가 전설처럼 느껴진다. 뇌졸중으로 쓰러져 장애를 갖게 된 뒤, 그는 먹는 법도 걷는 법도 처음부터 다시 배웠다. 마치 새로 태어난 것처럼. 그의 그림이 어린아이처럼 솔직하고 과감한 것은 그래서가 아닐까. 한 사람 안에서 복잡하게 교차하는 삶과 죽음, 희망과 절망, 고통과 희열, 죄책감과 책임감, 기쁨과 슬픔, 끝과 시작이 어떻게 고유한 무늬를 만들어내는지 임영희의 경이로운 생애가 보여준다.

— 홍은전, 《전사들의 노래》 저자/기록활동가

서문

어쩌다가 그림을 그렸어요.
그림은 구술생애사가 되었고, 아들은 이를 애니메이션 영화로
만들었어요.
여성영화제, 노인영화제, 장애인영화제 등 가는 곳마다 박수를 받았고,
청소년 추천 영화로 선정되기도 했답니다.
서울독립영화제에서는 앵콜 상영도 했지요.
처음에는 그냥 '나를 그려보자'였어요.
흔히 중풍이라 하는 뇌졸중 환자이기에 밥 먹고 잠자는 일이 전부였죠.
하루하루 힘든 나날을 그저 메아리같이 살고 있었어요.
어느 날 아들이 선물한 크레파스와 사인펜을 만지게 되었어요.
왼손으로 그렸지요. 오른손이 말을 안 들으니까요.
그림이 언어가 되기까지 고통이 누룽지처럼 붙어 다녔답니다.
그런데 재미가 있었지요. 미적미적하며 그린 그림이.
처음 경험하는 후련함이죠. 마음이 아주 편해졌어요.
걸어왔던 발자국을 따라 이야기로 아테나 신전을 지어보고 싶었지요.

어린 시절, 진도를 떠나 광주 양림동 수피아여중으로 진학했어요.
도시는 새로운 호기심으로 넘쳤지요.

거리의 도넛은 섬 소녀의 입을 달콤하게 했고,

윈스브로우홀의 도서관은 섬 소녀를 상상의 세계로 안내했지요.

수피아의 독립운동, 고난의 이야기는 학교 곳곳에 새겨져 있었어요.

양림동은 사상의 기반이었고, 유신에 저항하는 해방자의 길이었죠.

시몬 드 보부아르, 로자 룩셈부르크, 베티 프리단, 윤형숙과 마주하면서

얼마나 많은 날들을 설레었는지요.

또 하나의 양림동은 홍희담 선생님이죠.

그분의 집은 시대의 살롱이었죠. 모든 담론이 오고 갔지요.

양심수들 옥바라지하면서 송백회 여성 조직을 세웠습니다.

오월 민중항쟁 시민군으로 싸웠습니다.

징한 세월을 겪으며 장애인이 되었지요.

돌아보면 아름다운 시절이었습니다.

책이 아름답습니다.

손을 내밉니다.

모든 아픈 이들에게 위로가 되었으면 합니다.

2024년 5월

임영희

일러두기

• 입말의 생생함을 위해 사투리를 유지한 부분이 있다.

차례

서문 · 8

1부

보배의 섬을 떠나오다

진도에서 태어났어. 중학교를 광주로 가게 됐어. 우리 학교 여섯 반 중에 나 혼자 갔어. '옥주沃州'가 보배의 섬 진도의 옛 이름이야. 보따리 들고 옥주호를 타고 출발했지. 배에 내려서는 이렇게 생긴 완행버스를 타고 비포장도로를 달렸어. 거의 진도에서 광주까지 일곱 시간이 걸렸어. 그때는 굉장히 멀고 험한 길이었지. 양림동 수피아여중에 입학했지.

光주
유학

수피아여중에 갔더니 재미있고 신기한 건물이 있었어. 1927년
이 건물 지을 때 많은 사람이 와서 구경했을 정도라고 해. 이름이
'윈스브로우홀'이야. 윈스브로우Winsborough는 수피아여중 건축비를
후원해준 사람이래. 창문도 크고 벽돌로 된 예쁜 건물인데, 여기 2층에
도서관이 있어서 자주 들락거렸어.

광주 와보니까 진도랑 많이 달랐어. 진도에서는 부잣집에서도 거의
가마솥에 장작을 땠는데, 광주 오니까 사람들이 다 연탄을 때더라고.

광주 건물들 보고 깜짝 놀랐어. 특히 옛 전남도청 쪽 건물들이 엄청 높았어. 섬에서만 살다 와가지고 이런 걸 본 적이 없었지. 도시가 이렇게 생겼구나, 하고 감탄했어.

진도에도 조그만 교회가 하나 있긴 했는데 가본 적은 없었거든.
그런데 내가 살게 된 광주 양림동에는 특히 교회가 엄청 많았어.
웃교회, 아랫교회…… 수피아여중은 미션스쿨이었으니까 그 안에
또 교회가 있었고, 근처 기독병원 안에도 교회가 있었지.
아무튼 십자가가 있는 건물이 많았어. 교회며 건물이며 내가 처음 보는
것들이 마냥 신기했고 낯설기도 했지.

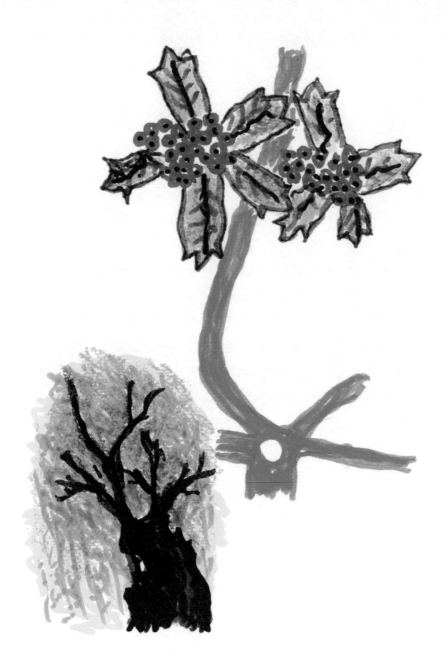

양림오거리란 데가 있어. 내가 학교 다닐 때, 그러니까 1968년에는
이 거리에 똥 구르마도 막 다니고 그랬어. 비포장도로였는데 오거리
바로 왼편에는 큰 버드나무가 있었고, 기독병원 맞은편 선교사
사택에는 호랑가시나무라고 크리스마스 나무가 있었어.
그게 생각나서 그려봤어.

그 부근에는 서양 선교사들이 살았어. 태어나서 처음으로 눈이 파랗고 머리가 노란 서양 여자 메리 선생님을 만났는데 너무 무서웠어. 그 파란 눈이 무서워서 눈을 안 그렸어.

수피아여중 밑에 양림교회 골목이 있어. 그 골목 들어가기 전에 도너츠 튀김 가게가 있었는데, 이때 도너츠를 처음 먹어봤어. 엄청 맛있어서 혓바닥이 튀어나올 정도였어. 설탕을 막 뿌려놓으니까 무지하게 맛있더라.

30

학교에 성경 시간이 배정되어 있어서 무조건 들어야 했어. 성경 수업도 점수에 반영되거든. 어느 날 목사님이 〈창세기〉에 대해서 이야기하는 거야. 〈창세기〉 때 동물도 만들고, 식물도 만들고, 인간도 만들고 했는데, 마지막 날 쉬었더라, 라고. 그러니까 육 일간 만들었을 거 아녀? 생각해보니까 막 의심이 드는 거야. "어떻게 육 일 만에 세상을 다 만든대요?" 질문했어. 목사님이 엄청 화내셨고 나는 빗자루로 뚜드러 맞았어. 성경은 일점일획도 의심하면 안 되는데 너는 의심이 많다 이거여.

질문했다고 이렇게 쓰레받기 들고 밖에서 벌서고 있는 거야.
쓰레받기가 지금처럼 플라스틱이 아니고 양철로 된 큰 쓰레받기였잖아.
한 시간 정도 들고 있으니까 어깨가 엄청 아프잖어? 나는 키가 작고
왜소했잖아. 그 무게에 못 이겨서 쭈그러진 모습이야.

내가 작고 허약하고, 진도에서 왔다고 하니까 광주 애들이 "느그 집
마당에서 공 차면 바다 저 멀리 떨어지냐?" 하고 놀려먹어. 그래서 나는
진도가 그리웠어.

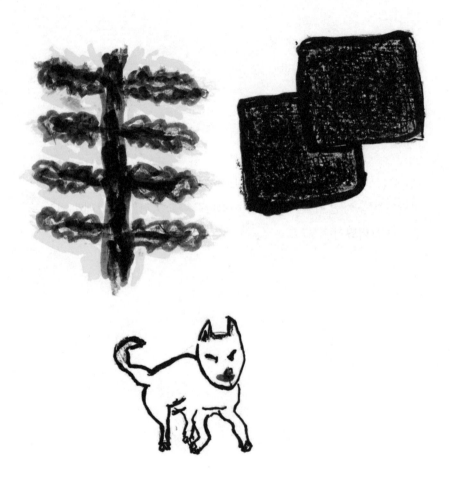

진도 미역도 그리웠고, 김도 그리웠고, 우리 집에서 길렀던 백구도
그리웠어.

진도의 운림산방도 생각났어. 일 년에 두 번은 여기로 소풍을 갔어.
걸어서. 국민학교 때 열 번은 넘게 갔을 거야. 첨철산 밑에 쌍계사라는
절이 있고, 바로 옆에 소치 허련의 초가집이 있었어. 지금은 미술관이랑
박물관 건물이 들어섰지만 내가 갔을 땐 원형 그대로 있었어.
봄이면 우리는 여기서 진달래 꺾고 가을이면 정금(머루)도 따 먹었지.
추억이 많은 장소야.

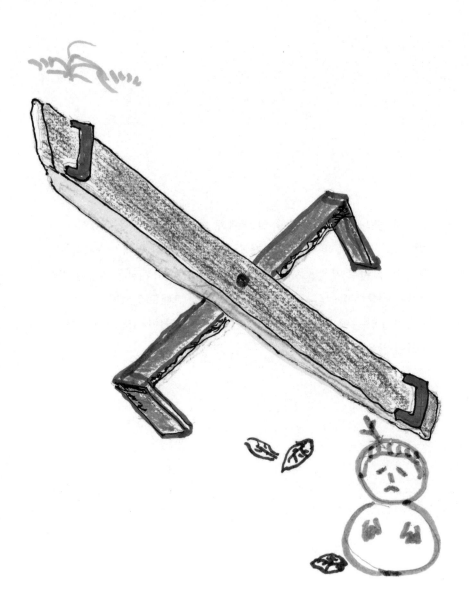

중학교 입학할 때는 굉장히 봄날처럼 초록초록한 마음이었는데 일 학년 거의 끝날 무렵에는 완전히 마음이 울적하고 우울했어. 활달한 도시 애들이랑 어울리지도 못하고. 나 같은 작은 소녀는 놀림받아서 눈사람 모양이 돼버렸어. 얼어 있는 거야.

우울한 나날이었는데 어느 날 아버지한테 전화가 와. "나 광주 갈 일 있다" 하고. 깜짝 놀랐어. 그때는 전화기가 흔하지 않아서 막 바꾸고 바꿔서 겨우 받았거든. 아무튼 아버지가 오게 됐어.

우리 아버지는 멋쟁이였거든? 아버지가 "너 옷도 춥고 그러니까 나랑
같이 충장로에 가자" 그래. 겨울 오바 두툼한 거 하나 맞춰주겠대.
그때는 충장로에서 옷을 맞추는 게 엄청 비쌌거든. 부잣집에서나
맞추는 거였어. 미모사 양장점이라고 진짜 비싼 집에서 빠이루(표면을
보풀처럼 울퉁불퉁하게 짠 파일pile 직물을 일본어식으로 발음한 것) 오바를
아버지가 맞춰줬어.

기가 완전 살아가지고 기분이 뿅 하늘로 날아가는 것 같았어. 기분이
좋아가지고 광주 아이들한테 으시댔지. 봐라. 나 좀 봐, 나 좀 보라니까,
하고.

학교생활도 자신감이 생겼어. 그즈음 극장에도 자주 가고 학생회관에서
공연이나 연극을 보기도 했어. 연극은 〈에쿠스〉, 영화는 제임스 본드가
주인공인 〈007〉, 오드리 헵번이 나오는 〈마이 페어 레이디〉가 생각나네.
궁전제과에서 사 먹던 사보루빵, 산수옥에서 먹던 메밀국수도 생각나.
왕자관의 짜장면은 일 년에 한 번 정도 먹었어. 이런 걸 보고 먹으면서
문화생활을 즐겼지.

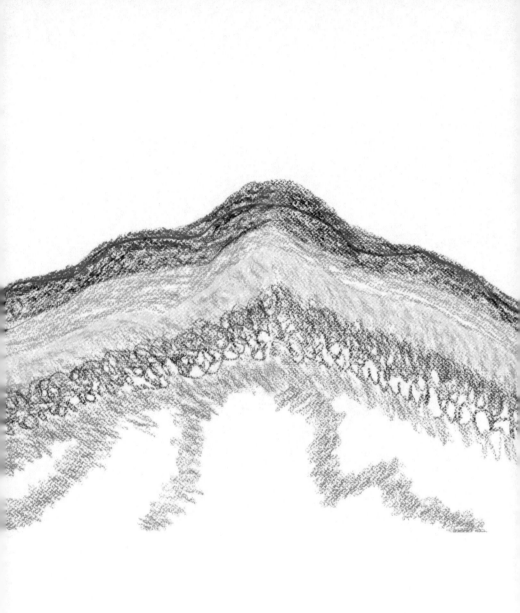

수피아여고로 가게 됐어. 중학교 때도 그렇고 고등학교 때도 그렇고
소풍은 다 무등산으로 갔어. 최소 열 번은 올라가지 않았겠어?
그래서 〈무등산의 산 그림자가 됐다〉는 글을 쓰기도 했지.

2부

양림동 소녀

고등학교 때 교내 문예 백일장에 시를 써서 당선이 됐어. 문영순 국어 선생님이 그랬어. 내가 글에 소질이 있다고. 에드거 앨런 포의 책도 선물로 주셨어. 물고기였는데 꼭 용이 된 것처럼 기분이 좋았어. 마치 벼슬을 얻은 것처럼. 당시 읽었던 책들은 릴케, 김동리, 도스토옙스키, 셰익스피어, 루이제 린저, 윤동주, 김현승, 윌리엄 워즈워스였어. 가장 위에는 내 이름을 그려 넣었어. 임영희. 나에겐 내가 제일 최고니까.

학교 교지 이름이 《잔디밭》이었어. 내가 편집위원으로 활동했지.
이 종 그림이 뭐냐고? 소녀들의 꿈이 종처럼 왔다 갔다 하잖아?
재밌으라고 이렇게 그려봤어. 별다른 의미가 있간디? 아무튼 교지
활동을 하면서 광주 시내 동인 애들하고 교류도 하고, 시화전도 같이
준비하면서 문학의 폭이 더 넓어진 거 같애.

언젠가
꽃잎에게 들려 주었던
꿈 노래가
귓가에 맴돌고

그 당시엔 광주일고에서 주최하는 '무등문학상'이 유명했어. 광주일고가
광주에서 공부 잘하는 남학생들이 모인 학교이기도 하고 또 거기에
광주학생독립운동 기념탑이 있잖아. 그래서 여러모로 상징성이 있었지.
내가 〈오월〉이라는 제목의 시로 응모를 했는데, 당선된 거야. "언젠가
꽃잎에게 들려주었던 꿈 노래가 귓가에 맴돌고"라는 소절로 시작하는
시였어. 그래서 무등문학상을 받으러 광주일고엘 갔어. 여학생은 나
혼자였지. 그런데 광주일고 애들이 뺀질뺀질하면서 날 놀려먹더라?
엄청 잘난 척하더라? 즈그들이 공부 잘한다고? 같잖은 것들이?

내가 상 탔다고 하니까 아버지가 또 오셨어. 키티 양장점이라고
비싼 곳이었는데 또 나를 데려가서 직접 디자인하신 옷을 맞춰줬어.
아버지가 디자인한 옷을 입은 사람은 아마 나밖에 없을걸? 상도
받았겠다, 옷도 맞췄겠다, 뭐 기분이 날아갈 듯했지. 가만 보면 고등학교
때가 내 인생의 하이라이트였어.

양두환 선생님은 나랑 같은 양림동에 사는 다른 학교 미술 선생님이었어. 아마 광주전남 최초의 조각가셨을 거야. 이 선생님이 나보고 "너는 시 쓰지 말고 차라리 나한테 와서 조각을 배워라. 미술에 소질이 있는 것 같다"고 하셔서, 내가 "아이고 선생님, 저는 미술 성적 '양' 맞았어요. 수채화 그림은 빵점이었어요" 그랬지. 선생님이 그건 상관없으니까 오면 공짜로 가르쳐주겠다고 했어. 선생님이 만든 조각 형태가 저렇게 생겼어. 옆에 피리 부는 사람은 나인데 선생님이 말하면 딴청 피우는 장면이야. 지금 와서 생각해보면 내가 미술 쪽으로 공부를 했더라면 어땠을까 싶어. 《어린 왕자》에 보면 모자 안에 코끼리가 들어 있잖아. 그걸 내가 왜 몰랐나 싶어.

매년 11월 3일이면 광주 시내 고등학생들이 공설운동장에 모여 학생의날 행사를 했어. 1972년에 내가 여기서 학생의날 대표상을 받게 돼 있었어. 엄청난 거 아녀? 광주에서 여학생에게 대표상 주는 경우는 드물재. 근데 하필 그해 10월에 유신헌법이 발원돼가지고 못 모이게 했어. 결국 그냥 사무실에서 받았어 상은. 한이 되어가지고 공설운동장에 서 있는 나를 그린 거여. 그때 유신헌법이 탄생하기도 했고 독재의 서막이 오르는 것을 내가 몸소 느꼈지. 피부로.

소녀가 커서 아가씨가 됐겠지? 이 그림의 제목은 〈푸른 청춘〉이야.
스무 살 청춘의 나는 이렇게 꽃도 들고 머리에 화관도 쓰고 녹색의
평원을 맨발로 걸어가고 있어. 오방색 옷을 입은 내가 하나의 봄이 되는
거야. 미래는 불투명했지만 눈은 반짝이고, 사랑하는 사람들에게 헌신할
수 있도록 기도도 하고. 몸은 연약했지만 가슴은 미래의 큰 포부를 향해
열려 있었어.

사람은 꿈만 먹고 살 수 없잖아. 이십 대 때 내가 독재정권에 저항하는
해방신학에 매료되었어. 그 공부를 하는데 아버지 어머니 도움을 받기
어려웠어. 공부하는 것도 반대하셨고. 그래서 고물 장수도 하고 빈 병
같은 거 주워서 팔기도 하면서 살았어. 주로 먹는 게 맨날 콩나물이었어.
콩나물이 가장 쌌거든. 주전자에 수돗물 받아가지고 밥 말아 먹는
게 거의 일상이었어. 그래도 달고 맛있더라. 여기 콩나물이 음표처럼
춤추고 있잖아. 삼발이 상에서 즐겁게 밥 먹는 장면을 그린 거야.

해남 서림공원에는 큰 느티나무가 많았어. 거기서 축제가 있어서 놀러
갔는데 사람들을 많이 만나 교류했어. 소설가, 동화 작가, 탈춤패, 시인,
노래 부르는 사람들하고 종일 춤추고 강강수월래도 하면서 놀았어.
그냥 노는 건 아니었고 일종의 문화운동이었어. 민주주의라는 주제로.
내게도 그런 씨앗이 좀 있었는데 연대할 친구들을 만나게 된 거지.
내 또래 젊은 사람들이 자기의 생각을 막 이야기하는 게 충격으로
다가왔어. 와, 이런 사람들도 있구나. 나도 앞으로 이런 것들을 해봐야지
하고 생각했어. 파블로 네루다의 시를 보면 "시가 나를 찾아왔다"라는
구절이 있는데, 그것과 마찬가지로 새로운 문화의 물결이 나를 찾아온
거 같았어. 전국적인 네트워크도 쌓게 되고 아주 즐거운 기억이
내 가슴에 가득 남아 있어. 그래서 느티나무를 빙빙 돌고 있는 장면을
그린 거야.

위에 십자가가 있고 아래는 태극기가 그려진 당목 치마를 입은 여성을
그린 거야. 수피아 선배들이 옛날에 3·1운동 했던 것을 연상하면서
그렸어. 선배들이 많이 옥고를 치르기도 하고 고문을 당하기도
했더라고. 그런 역사가 있던 학교였어. 이걸 왜 그렸냐면, 내가 학교를
다니던 1970년에도 교회에서 3·1구국예배, 4·19기념예배 같은 거 하면
꼭 입구에 경찰이 서 있었어. 무슨 내용으로 기도하는지 감시했거든.
그래서 예배할 때 굉장한 모험심을 가지고 찬송가를 부르고 그랬지.
3·1운동 정신이 유신 때까지 젊은 청년들을 통해 내려왔다는 것을
이야기하고 싶은 거지. 나도 세상을 바라보는 눈을 떴고. 그림이
이상한가? 나는 대단히 잘 그렸다고 생각하는디.

이건 시꺼먼 선글라스 안경이잖아. 자세히 보면 안경 속 눈알이
누군가를 응시하고 있어. 바로 나를 보고 있는 거야. 나는 이 시대가
엉망이라고 생각했어. 그래서 유신에 반대하는 성명서를 전달하거나
벽보 쓰는 활동을 했어. 내가 광주 YWCA나 어떤 행사에 가려고 하면
항상 경찰들이 번갈아가면서 대문이나 골목 끝에 서 있었어. 외출하고
오면 항상 방이 다 뒤져져 있더라. 감시받는 것을 그린 거야. 그땐
메모도 못했어. 메모지 압수당하면 또 경찰이 그걸 핑계로 닦달하니까.
웬만하면 머리로 외우고 다녔어. 내가 지금 뇌를 다쳤어도 암기력이
좋은 게 그래서인가? 아무튼 선글라스 밑에 있는 벽돌집은 내가 살던
곳이야. 여기 집주인은 아들 하나 키우는 할머니였는데 그 집 방 한 칸을
얻어서 사글세를 산 거지. 신학 공부할 때 3년 정도 살았던 거 같아.
스물네 살까지. 아주 조그마한 방이고, 뒷문간에는 이렇게 장독대도
있고, 빨래 거는 데도 있었어. 언젠가 한 번 양림동 생각이 나서 그 집을
가봤더니 그대로 있더라?
어느 여름에는 외출하고 돌아와서 씻고 있는데 골목이 시끄러워.
내다보니까 골목 끝에 지프차가 서 있는 거야. 그러더니 우리 집 쪽으로
오고 있어. 직감을 했지. 나를 잡으러 왔구나. 문을 탁탁탁 두드리더라?
주인 할머니가 문을 끌러주니까 여기 임영희라는 사람 살고 있냐고
물어보더라고. 할머니가 내 이름은 잘 몰랐어. 평소에는 "아가씨,
아가씨" 그랬응께. 임영희인 줄은 잘 모르겠고 어떤 아가씨 하나 살고
있다고 말씀하시더라. 그때 내가 방에서 크게 말했어. 임영희 조금 전에
나갔다고. 형사들이 그 말 듣고 돌아가더라. 내가 도망가려고 준비하고
있는 사이에 다시 그 형사들이 와서 나를 질질질 끌고 갔어.

광주 서부경찰서였어. 그 경찰서가 월산동 언덕 쪽 꼭대기에 있었거든? 거기에 이십 며칠 감금된 거야. 우리 선배랑 나랑 이렇게 연계해서 사건화시키려고 나를 뚜드러 팼어. 처음에는 여관으로 끌고 가서 나를 잠 못 자게 하고, 또 자기들이 써놓은 조서에 지장을 찍으라는 거야. 내용을 보니까 다 조작된 사실이야. 간첩이 어쩌고, 우리가 누구 지원을 받아가지고 어쩌고. 말도 안 되잖아. 내 선배들을 간첩 만들라고. 유치장과 여관을 오고 가며 한 달을 버텼어. 거기서 통금시간 지나 잡혀온 술 취한 사람들한테 시달리고. 그렇게 십 며칠 지나도 내가 형사들 마음대로 안 해주니까 그 긴 야구 방망이 있잖아. 야구 방망이로 나를 엄청 때리더라구. 가슴 어깨 이런 데를. 이게 뭔 그림인 줄 알아? 하늘의 별이 아니고 젖가슴이 크게 터져서 부풀어 오른 그림이야. 피 튀기는 감정을 그린 거야. 장난이 아니고 엄청 뚜드려 맞아가지고 사경을 헤매게 됐어. 기절 졸도를 한 거야. 그니까 아버지를 오라고 하더라고. 보호자한테 인계받아서 내가 거의 정신을 잃고 밖으로 나가게 됐지. 나가고도 내가 툭 늘어져 있으니까 집에서 놀래가지고 병원으로 싣고 갔어. 링거액을 넣어도 그대로였대. 쭉 뻗다가 죽을 줄 알았대. 한 일주일 만에 정신을 차린 거야. 그때 내 잇몸이 다 떠버렸지. 그렇게 심한 협박과 고문을 당하니까 사람이 또 오기가 생기잖아. 더 강해지잖아. 그런 꼴을 겪고 나니까. 무섭지 않았냐고? 나는 신앙이 있었어. 하나님의 의를 구하려면 내 몸 하나 희생하리라 하는 그런 각오가 있었어.

내가 동경하던 삶이 있었어. 홍희담 언니라고. 그 언니는 굉장히 온화하고 지적이면서도 문학적이었어. 세상을 다른 시각으로 보고 있었지. 마침 언니가 양림동 쪽으로 이사를 왔어. 밤낮 할 것 없이 내가 가고 싶을 때 언니 집엘 갔어. 다른 모임은 항상 남자들이 많았고 내가 남자들 사이에 껴 있었는데 언니가 있으니 반가웠지. 언니 집이 우리의 살롱이 된 거지. 가면 항상 뜨거운 커피하고 사과를 내줬어. 그리고 언제나 음악이 흘렀지. 이상적인 환경이었어. 나는 사과 하면 이 언니 집의 사과가 가장 먼저 떠올라. 그래서 사과나무를 그렸어. 언니는 나를 알아주었어. 함께 시대를 걱정하는 말들을 했지. 밤새 토론도 하고. 내가 이 언니 집을 양림 카페 '보프룩'이라고 지었어. 뭔 뜻이냐면 시몬느 보부아르의 '보', 베티 프리단의 '프', 로자 룩셈부르크의 '룩'을 딴 거야. 그때 이 세 여성의 책을 열심히 보고 그분들을 따라가고자 노력하던 시절이었어. 카페 이름 멋있지?

이 소나무는 상당히 영험하게 생겼지? 세월을 이겨낸 소나무야.
몸통은 두툼하고 가지에는 새파란 잎이 반짝반짝 빛나고 있잖아.
소나무의 굵은 몸통은 우리 여성들의 바탕이고 또 힘을 같이 모으자는
의미야. 그래서 이렇게 둥글게 그려봤어. 뻗쳐가는 가지는 여성운동이
확장되는 것을 표현한 거지. 전남 최초의 여성단체 '송백회松栢會'* 에
관한 이야기야. 그때 민주화운동으로 구속된 사람들을 옥바라지하는
여성들의 소모임이 있었어. 홍희담 언니가 광주로 오면서 그 모임이
만들어졌고, 1978년 12월에 송백회가 창립되었지. 나는 창립 멤버이자
간사를 맡았어. 여러 프로그램을 기획하며 활동했어. 처음에는
양심수들에게 책을 넣어준다거나 누가 재판받으면 재판장에 같이 가서
가족들을 위로하고 응원하는 일을 했어. 또 가톨릭농민회 같은 단체가
여는 대중 행사가 있으면 가서 밥도 하고 시위도 하고 그랬지. 그렇게
활동을 시작했어.

---

* 1978년 12월 유신 말기에 광주전남권 여성들이 만든 최초의 민주 여성단체. 구성원은 교사, 간호사,
노동자, 주부, 청년운동가 등 진보적 사회의식을 가진 여성들과 민청학련 구속자 가족, 민주화운동 활동가
부인들로 80여 명이 활동했다. 송백회 회원들은 5·18 당시에도 들불야학과 함께《투사회보》등을 제작하는
등 적극적인 활동을 전개했다.

우리는 서투른 솜씨지만 손으로 뜨개질해서 양말을 짰어.
송백회 사람들이랑 여러 교회 여신도회 단체가 참여했지. 양심수들이
겨울에 동상 걸리지 않고 따뜻하게 다니라고 마음을 실어서 감옥에
넣어줬어. 주로 학생들이랑 교회 목사님들이 들어가 있었어.
직접 뜬 양말을 보내준께 감옥에 있는 사람들이 얼마나 좋아했겠냐.

송백회 명단이야. 모양이 가정주부들의 굵은 손마디 같기도 하고
논이나 밭 모양 같기도 하지? 왜 이렇게 그렸냐면 논은 곡식을 만들고
뭔가를 생산하잖아. 논처럼 우리 여자들 손으로, 우리 치마폭을 넓혀서
세상을 아름답게 바꿔보자, 뭐 그런 거 아니겠냐. 송백회는 교사 그룹,
주부 그룹, 직장인 그룹 뭐 이렇게 그룹이 많았어. 우리는 활동도
했지만 모여서 공부하고 토론하기도 했어. 핵 문제라던가 또 그때 일본
사람들이 성매매를 목적으로 하는 관광을 많이 왔는데 그걸 어떻게
대처할 것인가, 가난한 농촌 여성들에게 어떤 도움을 줄 것인가,
뭐 이런 문제들을 같이 고민하고 이야기했지.

3부

광주 오월공동체

여기가 내 첫 직장이야. 현대문화연구소[*]라고. 원래 신학 공부를
하다가 구로공단에 올라가서 노동자 생활을 하기도 했어. 근데
현장은 나랑 안 맞았어. 라면만 먹고는 도저히 못 살것더라. 다시 짐
싸서 광주로 내려왔어. 그때 마침 송백회에서 활동하게 되었고 또
현대문화연구소에서 제안이 와서 일하게 됐지. 현대문화연구소는
말처럼 현대 문화를 연구하는 곳은 아니고 운동권에서 합법적으로
사무실을 내기 위해 만든 거야. 민주화운동 하다가 학교에서 제적당한
학생들이 주로 모였지. 책 읽는 운동을 통해 광주 지역 네트워크를
형성하는 곳이었어. 그래서 자유롭게 드나들 수는 있었지만 입구에는
항상 경찰이 서 있었어. 아무튼 사무실에 이렇게 책이 많았어. 삼천 권
정도를 모았지. 소설도 있었고 철학책도 있었고 시사적인 책도 많았어.
손님들이 오면 책도 읽고 차도 마시고. 그러면 여기 빨간 돼지저금통에
알아서들 돈을 넣어. 활동비를 그렇게 모았지.

＊   윤한봉, 황석영을 주축으로 광주 지역의 사회운동 세력이 결집한 단체로, 1979년 5월 창립했다.
현대문화연구소는 문화운동, 여성운동, 학생운동, 교사운동, 종교운동 등 광주전남의 여러 지역운동에 깊이
관여했다.

그 당시 내 활동을 모아놓은 그림이야. 나는 탈춤도 배웠어.
전국적으로 탈춤이 유행이었거든. 우리 것을 찾자는 말이 많았을
때라서. 광주YWCA에서도 무세중 선생님이 봉산탈춤 수업을 열어서
내가 갔지. 탈춤이 굉장히 역동성도 있고 춤추면서 말도 많이 하잖아.
그렇게 자기표현을 할 수 있기도 해서 재밌었어. 내가 또 춤을 좀
추잖냐. 뒤에 그린 항아리가 뭐냐면 우리 송백회 활동하는 데 돈이
또 필요하잖아. 그래서 기금 마련 도자기 전시회를 기획했어. 두 달
동안 한 80점을 팔았어. 잘 팔았지. 그다음에 '한씨 연대기'라고 적혀
있는 종이는 대본이야. 연극 대본. 내가 극단 '광대' 의 단원이었어.
배우가 꿈은 아니었는데 사람들이랑 어울리다가 어떤 선배가 "너 연극
하면 참 잘하겠다"고 말해줘서 시작하게 된 거지. 남자 주인공 동생
역할이었는데 상당히 들떠서 대본 연습을 했어. 관객 반응? 반응은
없었지. 조금 있다 5·18이 터져버려서 관객을 못 만났어.
연습만 했던 거여.

＊ 1980년 1월 광주YWCA 극회로 등록된 문화운동단체. 박효선, 김정희를 중심으로 창립했다. 5·18항쟁
전 기간에 걸쳐 각종 문화선전을 맡았고, 5·18 당시 다섯 차례의 시민궐기대회를 주관했다.

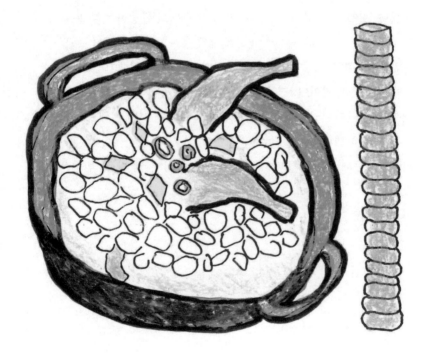

민화에 나오는 닭 그림 같지? 옆에는 밥그릇이 높게 쌓여 있고.
당시에 닭고기는 잔칫날이나 특별한 날에만 먹는 거였어. 연말이면
YWCA에 다 모여서 큰 가마솥에 닭이랑 떡국 넣어서 닭죽을 쒀서 같이
먹었지. 함께 송년의 밤을 보냈어. 밤새 웃고 떠들고 노래도 부르고
엄청 재밌더라? 그러다가 동이 트면 무등산에 올라가 일출 보면서
새해 소망을 빌었지.

송백회 모임에서 담양 식영정이라는 정자로 소풍을 갔어.
이때가 어린이날이었지. 여기 입술들이 여럿 있잖아? 사람들이
노래하는 거야. 가서 노래자랑대회를 열어서 상품도 주고 그랬어.
누군가는 김민기의 〈두어라 가자〉를 불렀고, 나는 김민기의 〈아름다운
사람〉을 불렀어. 즐거운 날이었지. 그런데 위에 있는 해 그림이
좀 불안하고 수상하지? 해랑 구름이랑 뭔가 이상한 기운을 뿜고
있잖아. 이때가 1980년 5월 5일이었어. 당시에는 횃불성회도 하고
민족민주화성회° 도 하면서 열기가 대단했거든. 1979년에 부마항쟁이
일어났어. 얼마 뒤에 박정희가 총 맞아 죽었지. 전국적으로 민주화의
봄이 올 거라는 분위기로 들떠 있었어. 근데 전두환이 12·12 반란을
일으키고 얼마 안 가서 5·18이 터져버렸지. 순탄하게 민주화가 오지
않는다는 것을 나타내려고 불길한 노란 빛을 넣은 거야.

° 박정희가 김재규의 총에 맞아 죽자, 1980년 초 '서울의 봄'이 찾아왔다. 전국 대학가에서 민주화의
열망이 상승했고, 광주 역시 마찬가지였다. 광주 지역 학생들을 중심으로 5월 14일부터 16일까지 개최된
민족민주화성회에서는 가두시위, 성명서 발표, 시 낭독, 전두환 화형식, 횃불시위 등이 이뤄졌다.

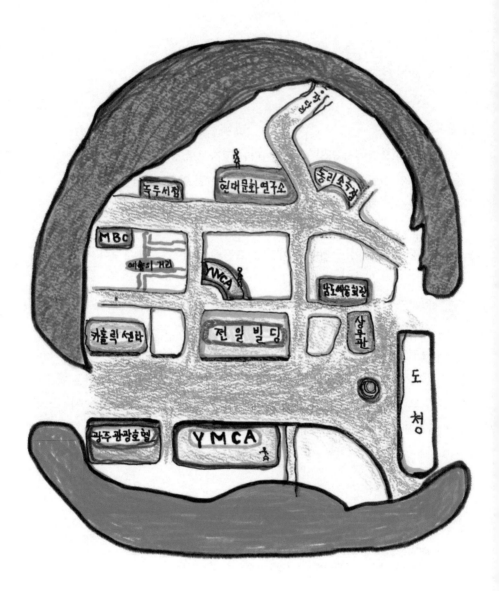

위의 녹색은 무등산을 나타낸 거고 아래 붉은 것은 광주천이야.
1980년에 내가 활동하며 다녔던 곳을 지도로 그려본 거야. 내가 주로
있던 곳은 YWCA랑 YMCA, 그리고 녹두서점이었어. 현대문화연구소?
이때는 폐쇄됐어. 1980년 5월 18일에 공수부대가 사람들을 진압하는
무지막지하게 잔인한 장면을 목격했어. YWCA에서 대본 연습
중이었는데 바로 앞 무등고시학원에 군인들이 난입해서 곤봉을
휘두르는 모습을 봤어. 나는 봤지. 군인들이 광주 시민을 학살하고
있었어.

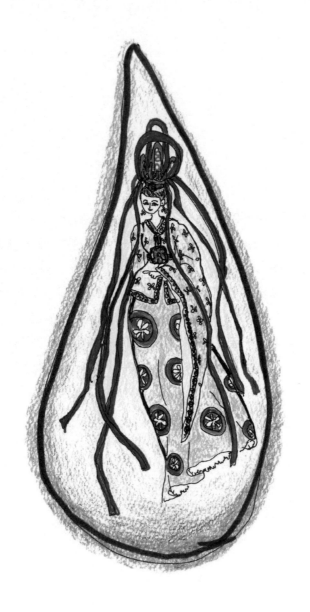

갑자기 웬 옛날 그림이냐고? 고려 불화에 나오는 물방울 부처님이야.
1980년 5월 21일은 부처님오신날이었지. 그날도 우리 광주 시민이
도청 분수대 앞에서 시위를 했거든. 물방울 속 부처님을 여인으로
형상화시켜서 우리가 희망으로 투쟁했다는 이야기를 그린 거야.

그날 밤에 악몽을 꿨어. 5·18 기간에 거의 잠도 못 잤지. 밤에는
회의해야 하고 낮에는 행동해야 하고. 군인들에게 쫓겨 도망가다가
골목 끝에 있는 당구장에 들어간 적도 있어. 당구장 아줌마가 우리
딸이라고 해줘서 살았지. 내 옆에서 총 맞아 죽은 사람도 많이 봤고.
그런 것들이 꿈에 나왔어. 세상이 다 뒤집혀져서 누군가 나에게
총 들고 쫓아오는 꿈.

5월 22일에 도청 앞에서 〈애국가〉가 막 울려 퍼져. 무슨 신호였는지
알아? 발포 신호였어. 〈애국가〉를 트는 것과 동시에 광주 시민을 향해
집단 발포를 한 거야. 국가를 틀고 시민을 향해 발포하는 나라가 세상에
어딨냐? 사람들이 많이 쓰러졌고 나도 혼비백산해가지고 죽어라
도망을 쳤어. 여기 내가 관처럼 그린 도청 분수대 앞에 시계탑이 있었어.
금남로가 순식간에 피바다가 된 거야. 총에 맞은 우리 광주 시민들의
눈을 이렇게 그렸어. 그때 미처 숨지 못하거나 뛰쳐가느라고 남겨진
신발들이 시계탑 앞에 막 이렇게 쌓여 있었어. 징그럽지. 슬픈 장면이지.
어떻게 우리나라 군인들이 시민을 향해서 조준 사격을 할 수가 있냐고.
이게 말이 되냐? 누구를 위한 나라야? 쿠데타를 일으킨 사람 편에 서서
시민들을 학살한 나라야. 아이고 끔찍하다.

계엄군들이 시민들을 칼로 찌르고 총으로 쏘고 무차별 공격을 했어.
5월 18일부터 22일까지. 죽은 시민들을 우리가 상무관이나 도청에
안치했어. 피 흘리면서 희생한 사람들을 잊지 않겠다는 마음으로
꼭두각시를 그렸어. 망자를 위한 꼭두각시. 옛날에 상여 메고 갈 때 있는
거. 일종의 만장 같지? 우리가 지켜보고 있다 이거지. 최후의 승리까지
우리가 싸우겠다는 눈이야. 끝까지 싸우자. 이 사람들 죽음을 헛되게
하지 말자. 왜 우리가 총을 들었는가. 승리를 위해 싸우자.
그런 의미로 그린 거야.

5·18 이전에는 삼십 명이나 사십 명 소수 인원으로 활동했다면
이때는 대부분의 사람들이 거리로 도청 분수대 앞으로 뛰어나왔어.
그때 같이 활동했던 여성들을 그린 거야. 주부도 있었고, 직장인도
있었고, 여고생도 있었고, 할머니도 있었고, 시장 상인도 있었고,
무수한 여성들이 시위에 참여했어. 빨간 리본을 머리에 묶고
여성들이 손잡고 같이 대항하는 모습을 이렇게 그려봤어.

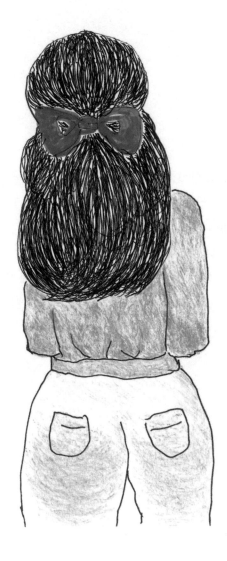

나는 계속 분수대 주변에서 시위했어. 항상 청바지와 넌티를 입고
있었고. 이 그림은 내가 도청 분수대에 모인 수만 명 사람들을 향해
이윤정 언니가 쓴 시 〈민주화여!〉를 낭독하는 장면이야.

민주화여
영원한 우리의 소망이여
그 이름 부르기에 목마른 젊음이었기에
우리는 총칼에 부닥치며 여기에 왔노라

그때 언론이 막혔으니까 말 한마디 한마디에 엄청 힘을 줘서 낭독했지.
희망을 주려고. 사람들이 엄청 박수를 쳤어. 낭독할 때 안 떨렸냐고야?
뭐 그런 게 없어. 지금 사람들이 죽어나가고 시민들이 다 난리고, 그
와중에 우리를 폭도로 몰아서 총기 반납하라고 회유하고, 투항하라고
하는데 떨릴 겨를이 어디 있어? 우리는 끝까지 싸우겠다, 뭐 그런
각오로 한 거지. 항쟁이 끝나면 나는 사형당할 줄 알았어.

시민들 항거로 계엄군이 광주에서 잠시 물러났잖아. 5월 23일 일어나보니까 모든 사람이 이렇게 차를 타고 수건이나 주걱 같은 걸 들고 흔들면서 노래를 부르며 가는 거야. 광주 시내가 해방 공간이 된 거야. 사람들은 〈우리의 소원은 통일〉도 부르고 〈애국가〉도 부르고 너무나 환희에 찬 표정으로 서로 눈과 눈을 마주쳤어. 나도 차에 같이 탑승해가지고 한 바꾸 삥 돌았거든? 그때 그 모습을 그린 거야. 사람들이 차에 김밥이나 수건 뭐 이런 거 다 올려주고, 동네 사람들은 동네마다 빗자루 들고 나와서 청소하고, 죽어간 사람들 관에 태극기라도 사서 덮어주라고 모금함도 돌리고 그랬어. 다들 즐겁고 따뜻한 표정이었어. 나는 이 장소에 내가 있었다는 것이 정말 큰 축복이라고 생각했어. 공권력이 사라진 도시에서 시민들끼리 누구 하나 총구녁 겨누며 싸우지 않았고, 은행 터는 사람도 없었고, 한 건의 약탈 사건도 없었어. 서로서로 보살피고 서로서로 배려했지. 이렇게 아름다운 광경이 또 있었을까. 정말 신성한 공동체라고 말할 수 있는 광주 오월공동체. 그런 세상을 내가 맛보게 된 것이 태어나서 가장 영광스러운 순간이었지. 지금도 생각하면 가슴이 울렁거린다.

계엄군들이 다시 쳐들어온다고 그랬어. 진압 작전을 한다고 했으니까. 시민들에게 폭도들은 총기를 반납하고 투항하라고 했는데, 우리는 이미 희생된 사람들의 죽음을 헛되이 할 수 없다고 끝까지 항전을 했어. 이 기간에 나는 YWCA에서 일하고 먹고 자고 그랬는데, 계엄군이 다시 쳐들어오기 직전 26일 밤에도 여기 있었어. 다들 밤에 둘러앉아 최후의 막걸리 한 잔씩 마시면서 한마디씩 했어. 오늘이 지나면 우리는 끌려가서 사형을 당하거나 여기서 죽겠지 하면서 서로 울먹였지. 그리고 입구에다가 바리케이드를 쳤어. 의자나 뭐 이런 걸로. 쳐들어온다는 시간이 점점 다가오니까 남자들은 여자들 나가서 대피하라고 그러고, 여자들은 또 못 나간다 끝까지 있겠다 하며 실갱이를 하고, 그러다가 막 엉덩이 밀어붙이고 밀리고 해서 나가게 된 거야. 새벽에 나를 포함해서 마지막 세 여자가 나오게 됐어. 새벽 네 시쯤이었나. 나와서 담 넘어서 녹두서점 쪽으로 걸어가는데 뒤에서 막 총소리가 비 오듯이 들리더라고.

5·18이 진압됐잖아. 죽은 사람들 넋을 위로하려고 훨훨 날아가는
나비 떼를 그렸어. 이름 없이 죽어간 사람들, 청소차에 실려서 묻힌
사람들, 억울하게 죽은 사람들을 위해 푸른 소나무도 그렸어.
이거는 내가 그때 쓴 시야.

어 아라리 어 쓰라리
물 건너 산 건너 눈 감고 가소서

5·18이 끝나고 나니까 광주 시민은 한마디로 폭도가 됐잖아.
연일 티브이에서도 그러고. 나는 고속버스가 재개되자마자 첫차를
타고 서울로 도망갔어. 그때부터 생긴 불면증이 지금까지 이어지고
있어. 잠깐 자면 꿈을 꾸는데, 어떤 눈이 항상 나를 따라다니는 것
같았어. 자전거 탄 사람이 날 감시하면서 쫓아오는 것 같고. 바닷속으로
끌려가서 괴물한테 고문당할 것 같은 불안한 꿈을 그려본 거야. 실제로
서울에 와서도 모든 사람이 나를 지켜보는 것 같았거든. 광주에서
왔다고 그러면 다들 폭도라고 알고 있었으니까. 그래서 말도 제대로
못하고, 쭉 입을 다물고 다녔지.

같이 서울로 도피한 극단 광대 친구들 두 명이랑 모여서 테이프에
녹음을 했어. 서울대와 남산 사이에 있는 신림동 주택에서. 광주에서
어떤 일이 일어났는지 녹음해서 사람들한테 뿌릴라고. '해방 광주
오월'이라는 주제로 분수대에서 우리가 낭독했던 글들을 셋이
돌아가면서 읽었어. 광주 시민이 왜 총을 들었는가에 대해. 이것도
들키면 감옥에 가겠지 생각했어. 그래서 위에 수갑을 그려놓은 거야.

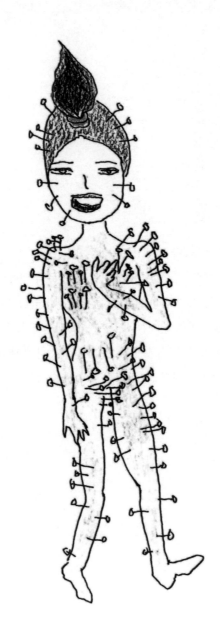

도피 중에 갑자기 난소에 이상이 생겨서 급하게 수술해 하나를
떼어냈어. 불면증은 계속 이어지고, 정신도 불안하고 그러니까
정신병원에 갔어. 의사가 나한테 뭐라고 한 줄 아냐? "실연당했어요?
남자한테 실연당했어요?" 그러더라. 광주 5·18 때문이라고 말할 수도
없고 속으로만 끙끙 앓다 약 처방만 받아 나왔지. 몸무게는 점점 빠지고
또 유방에도 이상이 왔어. 유방도 수술해야 한다고 하니까 죽어버리고
싶더라. 몇 달 새 사람이 메말랐고 고통스러웠재. 이렇게 머리끝에서
발까지 대못으로 박힌 것 같은 고통이었어.

힘들다고 누워 있을 수만은 없었어. 광주 사람들이 다 폭도 취급받고
동물 취급받는 상황에서 뭐라도 해야 했어. 그때 황석영 선생님이
광대 멤버들을 제주도로 초대했어. 우리는 5·18 이후에 처음 만났지.
서로 부둥켜 엉엉 울고 소주도 마셨어. 수눌음 소극장에서 제주 민중을
소재로 만든 〈항파두리놀이〉*를 공연한 것을 보고 광주에서도 오월
알리기 문화운동을 해야겠다 하고 좀 힘을 얻었지. 나는 다시 광주로
돌아갔어.

---

* 고려시대 몽고군의 침입과 제주도를 근거로 이들에 저항하던 삼별초, 그리고 그 틈새에서 고통받던
제주도민들의 이야기.

4부

단비를 마시며
아침을 맞는다

광주에서 광대 잔여 멤버들과 다시 문화운동을 하려고 새로운 팀을
만들었어. 기독교적인 이름을 쓰면 감시를 덜 받을까 싶어서 '갈릴리'로
지었어. 양림교회 목사님을 설득해서 공간을 빌려 연극을 시작한 거야.
〈무등의 꿈〉이라는 마당 공연이었는데 광주 5·18 내용을 살짝 각색해서
공연했어. 아들이 죽은 내용으로. 아, 나는 이때 배우는 아니었고
기획으로 참여했지. 남편이 배우였어. 그때 결혼은 안 한 상태였지만.
보성, 구례, 서울 등에서도 무대를 올렸어. 1981년 내내. 위험을
무릅쓰고.

"사랑도 명예도 이름도 남김없이~" 이 노래 알지? 〈임을 위한 행진곡〉이 어떻게 만들어졌는지 이야기해줄게. 그때 광주에서 황석영 선생님 집을 자주 들락거렸어. 5·18 관련해서 논의하려고. 선생님이 양림동에서 운암동으로 이사를 하셨는데, 우리를 초대해서 그 집에 갔지. 넓고 좋은 이층집 주택이었는데 거기 마당에 신통이하고 돌쇠라는 강아지가 있었거든. 그게 생각나서 그려봤어. 아무튼 누구랑 갔냐면 지금 남편 오정묵씨랑. 광주 오월을 어떻게 알릴 수 있을까 고민하던 시기였는데 같이 녹음테이프를 만들기로 한 거야.

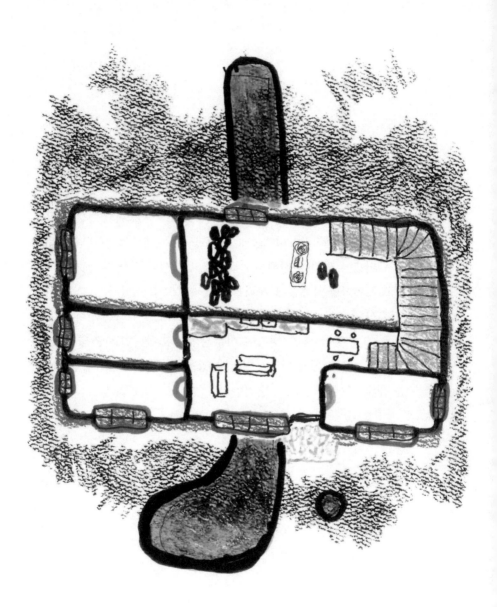

130

여기는 그 집인데 이층 평면도야. 황석영 선생님 집필실, 베란다 하나, 그리고 거실 뭐 이렇게. 이 집에서 일주일간 같이 지내면서 테이프를 만들었어. 그때 모였던 사람 중에 음대 다니던 김옥기가 특히 생각나. 옥기는 운동권은 아니었어. 녹음하면서 진짜 벌벌 떨더라고. 이때 〈임을 위한 행진곡〉이 탄생한 거지. 혹시 감시당할까봐 거실 창문을 담요로 다 막아놓고 녹음을 새벽까지 한 거야. 노래를 미리 연습해서 불렀던 게 아니고 그 자리에서 다 같이 배워서 했어. 평면도 위아래로 그려진 형태가 점사분음표야. 〈임을 위한 행진곡〉 악보의 첫 음표지. 테이프에는 노래도 있었지만 대사도 있었어. 5·18 때 도청에서 죽었던 윤상원 형이랑 들불야학을 운영했던 박기순, 이 두 사람은 지금 이 세상에 없으니까 영혼결혼식을 해주자는 거였어. 평소 윤상원 형은 자상하고 노래도 잘 불렀고, 기순이는 막내딸이었지만 큰언니 같은 단단함이 있었지. 테이프 이름은 '넋풀이: 빛의 결혼식'이었어. 〈임을 위한 행진곡〉은 가장 마지막 순서였어. 그때 녹음할 때는 좀 느리고 애절하게 불렀지. 일종의 진혼곡이었으니까. 그런데 1980년대 지나고 나니까 사람들이 이 노래를 다 행진곡풍으로 불러. 이렇게 자연스럽게 바뀐 거야. 나는 우리가 처음 불러서 녹음했던 이 노래가 이처럼 전국적으로, 또 세계적으로 많이 불릴 줄은 몰랐어.*

* 〈임을 위한 행진곡〉은 1980년대 초중반 한국과 홍콩 운동권 학생들의 교류 과정에서 국외에 알려지기 시작했다. 홍콩에서는 영어와 광둥어로 번역되어 불렀고, 1989년에는 대만 노동운동계에 〈노동자전가〉라는 제목으로 편곡돼 알려졌다. 이 밖에 중국·캄보디아·태국·인도네시아 등에서도 〈임을 위한 행진곡〉이 불리고 있다. 선담은 〈'임을 위한 행진곡'은 어떻게 홍콩과 대만에 전파됐나〉, 《한겨레》, 2019. 6. 17. 참조.

이건 약간 재밌으라고 그려봤어. 나랑 남편 연애 시절 다 이야기할 수 없잖아? 1980년 겨울에 남편이 오월 노래 테이프 '빼앗긴 들에도 봄은 오는가'를 만들었고, 내가 판매를 맡게 되면서 자연스럽게 사귀게 된 거야. 내가 몸도 약했고 힘들고 정신없는 세월을 보내고 있었는데 남편이 사랑으로 다가왔지. 우리를 소개해주고 연결해준 어떤 선배를 정화수처럼 재밌게 그려봤어.

이건 결혼식이야. 가톨릭센터에서 했어. 노래 잘 부르는 남자니까
기타 위에다가 얼굴을 그리고, 그 위에 면사포를 그렸어. 내가 생각해도
이 그림 아이디어가 참 좋은 거 같아. 신랑을 너무 잘생기게 그려놓은 거
같은디? 결혼하니까, 음 좀 상투적인 말이지만, 같이 있으니까
든든하긴 하드라?

돈 없는 가난한 부부의 신혼이잖아. 셋방 얻어서 이사 다니는 광경을
텐트처럼 그린 거야. 사글세로 열세 번 정도 이사 다닌 것 같아. 참말로
징글징글하게 다녔지. 딸 태어나고 아들 태어나고 가족이 네 명이
되었지. 단칸방에서 이렇게 이불 덮고 발가락만 나온 걸 그렸어. 밥상도
없어서 신문지 깔아놓고 밥 먹고 그랬어. 셋방 사니까 웃지 못할
에피소드도 있어. 부엌이 뒷집 화장실하고 붙어 있어서 똥 싸는 소리가
다 들리는 집, 연탄 아궁이 위 천장이 황토로 되어 있어가지고 밥을 하면
흙이 막 떨어지는 집, 기둥이 썩어서 날개 달린 개미가 수십 마리씩
나오는 집. 이런 집들에서 다 살아봤다.

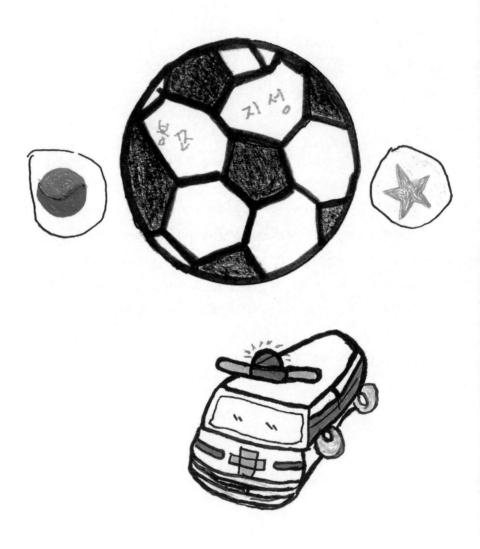

그렇게 그럭저럭 자식들 대학 보내고 군대 보내고 시간이 흘렀네. 나도 그간 여러 가지 일을 했지. 여성의전화, 오월항쟁동지회, YWCA 농촌부 위원, 어린이 역사기행 등의 사회운동을 하고 살았어. 아들이랑 남편이랑 맥주 사놓고 집에서 박지성 나오는 국가대표 축구 경기를 보자고 한 날이었어. 베트남이랑 하는 경기였어. 축구공에 웬 '봉산'이냐구? 아, 이거는 박지성이 예전에 어떤 경기에서 골 넣고 봉산탈춤을 췄거든. 그래서 '봉산 지성'이라고 써봤어. 내가 기억력이 좋아야. 아무튼 그렇게 축구를 기다리고 있었는데 시작하기 직전에 내가 갑자기 쓰러진 거야. 그 뒤로는 기억이 없지. 삐뽀삐뽀 구급차 불러서 갔겠지. 중환자실에 며칠 있었고, 내가 뇌출혈이라는 것도 그때 알았어. 왼쪽 머리가 터져버리니까 오른쪽 몸이 다 마비됐어. 내 나이 쉰네 살에 그렇게 장애인이 된 거야.

이 그림은 재활치료 받느라고 기립기에 묶여 서 있는 장면이고,
그 아래는 그때 키웠던 우리 강아지 짱돌이야. 남편 말로는 내가 쓰러진
이후에 짱돌이가 밥을 삼 일간 굶었다는 거야. 아무리 맛있는 맘마
까까를 줘도 안 먹었대. 사람보다 강아지가 더 낫다고 느끼기도 했어.
짱돌이가 그리웠고 보고 싶었지. 얼마나 기특하냐. 나를 위해서
안 먹고 기다리고 그랬다는 게 감동적이었어. 이 년간 병원생활을 했어.
처음에는 당장 말이 잘 안 되고 한 걸음도 못 걸었지. 휠체어 탄
내 상태가 너무 얼얼해서 슬퍼할 만한 그런 것도 못 느꼈어. 화장실에도
혼자 못 가고 혼자 목욕도 못하고 겁나 힘든 생활을 했지. 왼손으로
밥 먹는 것도 연습했고, 뭘 먹으면 다 질질질 흘리다가 또 재활 치료
받고 그랬지.

그때 딸이 돌아왔어. 내가 아프다는 소식 듣고. 몇 년간 해외를
여행하다가 왔는데 몰골을 보고 진짜 놀라버렸지. 머리는 완전
벨벨 꼬여 있고 한쪽 팔에는 문신이 가득하고 옷차림도 거지 같고
시꺼메가지고 타잔 같더라. 참말로 딸은 지금도 여전하지만, 그때
같이 있던 병원 환자들이 이상한 눈길로 저 사람 막 누구냐고 그랬어.
나도 놀라가지고 휠체어에서 떨어져서 "악!" 하고 있는 장면을 우습게
그려놓은 거야. 딸이랑 아들이랑 병원 자주 와서 휠체어에서 침대로
옮겨주고 머리 감겨주고 그랬어. 그렇게 지내다 보니까 몸도 많이
좋아졌지.

병원에 있을 때 뇌졸중 환자들끼리 열 명 정도 모여서 모임을 만들었어.
차도 같이 마시고 이야기도 하고 친하게 지냈어. 우리가 다 걸음을
절뚝절뚝거리니까 '짤뚝이 모임'이라고 했어. 어느 날은 다 같이 커피
먹자 해서 유명한 전문점으로 갔어. 다들 절뚝절뚝 걸으면서 커피숍
안으로 들어갔는데, 거기 있던 사람들이 슬슬슬 우리를 피해서 가는
거야. 종업원도 막 달려 나오더니 "이리 오세요, 이리 오세요" 하면서
안내를 하더라고? 우리를 무슨 행패 부리는 사람들처럼 대하더라고.
기분이 진짜 안 좋더라? 안에 있던 손님들도 다 나가버리고, 나중에는
우리끼리만 앉아 있었어. 장애인을 바라보는 우리 사회의 뿌리 깊은
시선이지. 장애인을 가까이해서는 안 될 사람들이라고 생각하고
도망가더라니까? 근데 같이 있으니까 좀 낫더라. 내가 혼자 다니면
걸음이 이상하니까 사람들이 쳐다보고 뒤돌아보고 불쾌할 때가
많았는데. 이때는 같이 있으니까 그나마 위로가 된 거지.

나는 퇴원하고 남편은 은퇴하고 해서 시골로 이사 왔잖아. 어느 날
남편이 갑자기 재봉틀을 사서 가져왔어. 동네 양재학원을 등록하더니
나를 위해서 옷을 만들어주겠다는 거야. 나는 속으로 "야호!" 했지.
왜냐면 기성복은 나한테 맞는 게 거의 없어. 또 나는 핸드백이 아니라
주머니가 더 필요한 사람이야. 남편이 내가 원하는 옷을 만드는데, 뭐
그런 걸 해본 적이 있는 사람이어야지. 엄청 서툴게 미싱질을 오 분 하면
잘못 박아서 또 네 시간을 뜯고 있고, 이런 일들이 처음엔 허다했어.
근데 점점 실력이 발전하더니 이렇게 예쁜 옷들을 만들어줘서 내가
치유의 옷을 입게 된 거지. 여태껏 만들어준 게 열 벌은 될 거야. 참
이상하지? 내 아버지도 어렸을 때 나한테 옷을 디자인해서 맞춰줬는데
남편도 직접 옷을 만들어주고 있으니까. 참 신기한 인연 같아.
다 내 복이지 뭐.

남편 그린 김에 우리 가족을 다 그려봤어. 우리는 부엉이 가족이야.
다들 늦게까지 안 자다가 적어도 새벽 두 시 이후에 자거든. 남편은 코가
좀 납작하니까 높게 미남형으로 그려줬는데 엄청 좋아하더라? 나는
지금도 잔소리하면서 잘 살고 있고, 아들은 그림 그렸다가 영화 만들고
있고, 딸은 최근에 팔에 용 문신까지 추가해가지고 15년째 해외 방랑을
하고 있고. 재밌는 가족이지.

자, 여기까지 내 그림들, 뇌졸중으로 오른손을 못 쓰니까 왼손으로 움켜잡고 삐뚤삐뚤 열심히 그려봤어. 그림이라고는 그려본 적 없는 내가 이렇게 몇 달 동안 집중해서 내 인생을 그리니까 또 뭐라도 나오네, 이렇게. 나는 어렸을 때 미술에 '양' 맞을 정도로 소질이 없다고 했고 관심도 없었어. 근데 이렇게 상상력을 발휘해서 그리고 색을 입히니까 조금 치유가 된 거 같더라. 굳었던 생각과 사고들도 좀 풀린 느낌이야. 주변 사람들도 반응이 좋아가지고 내가 좀 소질이 있나 싶어. 이 그림들로 만든 영화 〈양림동 소녀〉도 여기저기서 사람들이 좋다 해주고, 상도 받고 하니 진짜 좋았어.

내가 만난 사람들이 이렇게 조각조각 이어져서 넓은 치마처럼 펼쳐지는 느낌이 들었어. 그래서 앞으로? 아름다운 노년이 전개되지 않을까 싶어. 시인 임영희, 화가 임영희, 감독 임영희? 뭐 그런 나만의 브랜드가 생기지 않을까 싶은데? 하하 잘 모르겠다.

마지막으로 내가 요즘에 쓴 시를 들려줄게.

섬초롱꽃에 시원하고 달콤하게 왔어
고양이는 웃고 까치는 종종거려
물 마시는 산 춤추는 빗방울
나는 단비를 마시며 아침을 맞는다

2023
〈KBS 독립영화관〉 방영
제21회 서울장애인인권영화제, 폐막작
제15회 서울국제노인영화제, 단편경쟁
제12회 광주독립영화제, 5월 이야기
제23회 서울국제대안영상예술페스티벌, 단편섹션: 기억
제24회 대구단편영화제, 디프초이스: 다큐, 자문자답하다
제2회 섬진강마을영화제
제10회 춘천영화제, 한국단편경쟁
제24회 제주여성영화제, 요망진당선작
제24회 제주국제장애인인권영화제, 단편경쟁
제4회 인천장애인인권영화제, 초청
제14회 부산평화영화제, 단편경쟁
제16회 여성인권영화제, 경쟁부문
제24회 가치봄영화제, 경쟁부문
제8회 울산울주세계산악영화제, 초청
제23회 전북독립영화제, 지역초청
제48회 서울독립영화제, 단편경쟁
제13회 광주여성영화제, 폐막작

수상 및 선정

2023
제15회 서울국제노인영화제, 노인감독부문 대상
제24회 제주국제장애인인권영화제, 대상
제10회 춘천영화제, 한국단편경쟁 심사위원상
제24회 가치봄영화제, 인권상
제44회 청룡영화상, 청정원 단편영화부문 후보
영화진흥위원회 청소년 추천영화

2024
인디그라운드 청소년 추천 독립영화

전시

2023
〈양림동 소녀〉 임영희 개인전, 갤러리 생각상자(광주)
〈양림동 소녀〉 임영희 개인전, 전남여고 예담 1929 갤러리(광주)

그림으로 의식을 치르다

임영희

씨앗을 품었던 시간과 거름으로 살아내는 틈새 속에서
서투른 그림이 시작되다
뇌졸중으로 불편한 몸은 코로나 시대를 보내다
아들의 권유로 서투른 그림을 그리게 되다
나를 그려보자
자라왔던 순간순간 기억의 틈새를 찾아보다
긴 숨 속에 숨겨진 나의 자존감을 만나다
크레파스와 사인펜은 서투른 왼손 여행의 동반자가 되어
즐거움을 선사하다
빳빳한 나를 만나 양림동 소녀로 탄생하다
운림산방의 소풍길에서
양림동 골목길에서
광주 충장로 양장점과 광주극장에서
보프룩 카페에서
오월 분수대에서
시민광장에서
병원에서
발자국은 하나씩 그려져왔다
차를 마시며 나의 벽을 허물고
그림의 의식이 시작되다

양림동 소녀

알라딘 독자 북펀드에 참여해주신 분들

(가나다순)

강영희	김수정	김하야나	박하향진
고도친구	김수진	김현영	박현
고마	김순이	김홍기	백운학
고선형	김애리	김희영	서지민
고시현	김영대	낭만지기	설경숙
고영서	김영숙	뉴광주모터스	성경희
고우정	김영심	디디	성수진
곽명진	김영희	바로맘	수피아 삼삼 정미영
광주여성영화제	김완숙	박경희	숲후배 김진영
구범준	김완형	박명숙	시바람작은도서관
국은영	김우석	박미예	신나리
그런사랑	김인중	박연민	심재수
금곡댁	김재우	박영정	아샬
김경자	김종분	박용수	안병하기념사업회
김미선	김종해	박은아	안지환
김새순	김지유	박재성	안혜정
김선미	김지호(율리아)	박춘애	양규섭
김수목	김파니	박하사탕	양주연·고두현

양희섭	이혜숙	정은진	최철
오병수·황선자	이홍한	정재영(데자뷰)	최호영
오승연	이효우	정재현	최화춘
오월어머니집	이효우	정재현	킴다조이
운수대통	임복희	정태진	탕무
윤금선아	임선영	정희옥	태이
윤동희	임성진	조연진	편수민
윤병기	임지민	좌동 이성호	하다차가족
윤창준	임지섭	주홍	하동책방
윤청자	임채열	철사김	한상갑
은우근	임채환	최고미녀	한윤희
이경률	장민경	최병숙	홍성복
이광욱	장세레나	최병진	홍인화
이선화	전단비	최용훈	홍정미
이은화	전승일	최유미	황호준
이진	정민기	최은기·정인숙	KBS독립영화관
이춘희	정용욱(윤구아빠)	최정님	(주)에이치케이건설
이한솔	정유하	최철	

양림동 소녀

초판 1쇄 펴낸날   2024년 5월 16일
글·그림   임영희
펴낸이   박재영
편집   임세현·한의영
마케팅   신연경
디자인   조하늘
제작   제이오
펴낸곳   도서출판 오월의봄
주소   경기도 파주시 회동길 363-15 201호
등록   제406-2010-000111호
전화   070-7704-2131
팩스   0505-300-0518
이메일   maybook05@naver.com
트위터   @oohbom
블로그   blog.naver.com/maybook05
페이스북   facebook.com/maybook05
인스타그램   instagram.com/maybooks_05

ISBN   979-11-6873-101-1 03810

만든 사람들
책임편집   임세현
디자인   조하늘